読谷便り

暮らしの中の想いと憩い

竹内陽子
TAKEUCHI Yoko

文芸社

美ら海水族館
辺戸岬
伊江島
国頭村
東シナ海
名護市
読谷村
辺野古岬
残波岬
太平洋
那覇
那覇空港
平和祈念公園

目次

yuri

yuri

地図　村上多恵子

まえがき

沖縄県読谷村《よみたん》に移り住んで、13年がたちました。その間にさまざまな出会いや、ちょっと寂しい別れも経験しました。これから読んでいただく文章は、そんな中での日々の想いを、沖縄県の地元紙「琉球新報」他に投稿して掲載されたものです。

カットは、学生時代には授業中のノートなどに落書きをしていましたが（早稲田大学漫画研究会にも、ほんのつかの間在籍していましたが、才能の無さを知りすぐに退散）、何十年ぶりかに描いてみました。私の娘ユリが描いたものもあります。

お気に入りのお茶・コーヒーなどと共に読んでいただけたらうれしいです。

読谷便り

暮らしの中の想いと憩い

浜辺の散歩（琉球新報 いこい 2013・7・12）

定年退職後、夫婦で東京から沖縄に移住してきました。2人とも太り気味で糖尿病もあるため、最近朝の散歩を日課とするようになりました。

いくつかのコースを試し、あまり犬にほえられず、のんびりと歩けるコースを発見。住宅街を抜け、サトウキビや紅芋、菊畑など広々と続く道を約1キロ歩くと東シナ海に出ます。紺碧《こんぺき》の海、白い船、飛んでいく雲の群れを見ていると、家から歩いて海に来られる幸せを感じています。

浜辺を見ると、ちょっと気になることを発見。浜辺に思いのほかごみの漂着物が多いことです。ちょうど持っていたビニール袋にペットボトル、空き缶、ビーチサンダル、つり糸……などを詰めて帰宅しました。

私は欲張りばあさんのように大きな袋、夫は小さな袋です。それから海に行くたびに、ごみを拾って帰るようになりました。これも仕事をやめたからできることです。

老料理家からの警鐘（琉球新報 ティータイム 2013・10・8）

先日、那覇市の桜坂劇場に映画「天のしずく」を見に行きました。

この映画は、料理研究家・辰巳芳子さんのスープへの思いと日々の実践を、四季折々の自然の中で淡々と美しく描いています。

先生（撮影当時87歳）は、スープ……おつゆ、露とは朝の光の中で「ものみな生き返るさま」という言葉と重ねています。

病気で死に瀕《ひん》した人、人生にちょっと疲れた人、離乳食が始まった赤ちゃんへ、スープはさまざまな人への生きる支えとなるとのことでした（沖縄のお汁、そばだしと同じですね）。

作り方は、そんなに難しくはありません。素材は昆布、椎茸《しいたけ》、かつお節、ニンジン、大根、玄米など身近にあるものですが、丁寧に心を込めて作っています。

でも、自分のことを振り返ると、こんなに丁寧な食生活をしているかな？　と反省します。スーパーやコンビニで総菜は買えるし、カップ麺で食事を済ます若者もいます。「天のしずく」のような食生活を送っている人は、金銭面だけではなく、本当に豊かな人なのだと思います。

貧富の格差が広がる今の社会、米国からのTPPの圧力もあるし、だんだん「食生活の貧困化」も進んでいるようにも見えます。映画「天のしずく」は、間もなく米寿を迎える老料理研究家からの温かい警鐘のように思いました。

庭の椅子（琉球新報 ティータイム 2014・9・13）

東京の某区役所を定年退職して、3年前に夫婦で読谷村に移住しました。読谷村渡《と》慶《け》次《し》の子ども獅子舞クラブや海勢頭《うみせど》豊《ゆたか》さん（シンガーソングライター）の東京公演がきっかけで沖縄が好きになり約25年、以来毎年沖縄を訪ねていました。

働いていたときは、定年後沖縄に住むというのは憧れでしたが、半ば無理だろうと思っていました。しかし、周囲の方の協力を得て、読谷村の一角に家を持つことができました。

一時期「琉球新報」を東京から契約購読して、郵便で3日遅れの記事を読んでいたこともあります。先日いろいろな書類を整理していたら、1997（平成9）年の「屋良さんの死に思う」や「読谷村の女性共同事業」などの記事の切り抜きが出てきました。昔のことですっかり忘れていましたが、今の私に細いながらもつながってきたのだと思いました。

東京では狭いマンション暮らしで花など植えたことがないのに、庭ができ、草花を植え、草むしりに追われています。「晴耕といふも草取りより出来ず」（沙美）の俳句の心境です。

先日、白いガーデンチェアを980円で購入しましたが、とても気に入ってあっちに置いたりこっちに置いたりしています。時々、椅子に座っていると、米軍機や米軍のヘリコプターがごう音を立て、上空を横切って行きます。ごまめの歯ぎしりかもしれないけれど、私は空をにらみます。

子どものワセダ（琉球新報 ティータイム 2014・10・24）

私は子ども時代を東京の早稲田大学のすぐ近くで過ごしました。両親は小さな米屋をしていて、学生街の食堂などにお米を卸していました。町の子どもたちは自由に大学に足を踏み入れることができました。大学の建物は大きくて立派で、構内を歩く大学生も大人っぽく、まるで外国に行ったようで憧れました。

友達の家は古本屋さんの2階で、その家の窓から見ると、通りを挟んだ向かいもやはり古本屋さんでした。その早稲田通りにはたくさんの古書店が立ち並んでいました。今でも高田馬場駅から早稲田にかけて古書店が多いのですが、50年前はもっと多かったように思います。

不思議な音楽の流れているジャズ喫茶（当時は歌謡曲、民謡が主流でしたから）、大道具・小道具などがごたごた並んで異様な声のする演劇部の練習場、六大学野球の早慶戦に勝利し優勝したときのちょうちん行列、60年安保闘争の大きなうねりなど……子どもの私たちはその合間をかいくぐって遊んでいました。

家から一歩出ればたくさんの書店、カフェ、2本立ての名画座など、私は文化的には随分恵まれた珍しい環境で育ったと思います。小・中・高・大学と徒歩で通い、交通費の面では親孝行でした。私の実家は今でも早稲田にあります。それはバートンの『小さいおうち』のように、ビルの多くなった界隈《かいわい》で小さくて古いままです。

ジェフとランディ（琉球新報 ティータイム 2014・12・19）

ハロウィーンの翌日、突然デンマークから友達がやってきました。ジェフ73歳、サンタクロースのような初老の男性、ランディは30歳の女性です。ランディは重度のダウン症と聴覚障害があります。2人は実の親子ではありません。ランディの両親が生後すぐに養育を拒否したため、生後3カ月のころからジェフが自分の家に引き取り、里親として育てています。

デンマークは「世界で一番幸せな人々の国」といわれるほど高福祉ですが、その代わり所得税、消費税、自動車税など大変負担も大きいとのことです。ランディの年金は長年教師をしていたジェフよりも恵まれているとのこと。障害があっても一個人としてきちんと認められています。

ランディは自信を持ち、自然で生き生きした表情をしています。身の回りのことは何でも自分でします。手伝おうとすると手話で「一人で」と言います。トイレの後はせっけんできちんと手を洗い、タオルで手と顔を拭きます。食卓で皆にお皿を配ったり、カップを出してお茶とお菓子をそれぞれ用意します。食べ終わるとすぐに片付けます。旅行中の大きなかばんの中は自分の衣類などがきれいに畳まれて整理されていました。これは通所していた施設や家庭でゆっくり時間をかけてトレーニングした「たまもの」だと思います。私は「時間がかかってもきちんとすること」をランディから学びました。

突然の訪問にもかかわらずわが家まで案内してくださったり、小学校や障害者施設への訪問、車の運転、食事のご招待など沖縄のゆいまーる（助け合い、相互扶助）を実感した今回の遠来の客の訪問でした。

熟年仲間の読書会（琉球新報 ティータイム 2015・9・26）

昨年秋に、読谷村立図書館で催された10回連続講座「土佐日記」。そこで出会ったわれら三婆《ばば》、マサコ、シホコ、ヨウコが意気投合して、読書会を始めることになった。

代表格の79歳のマサコさん（現在80歳）は、げたをはいて足取り軽く、頭脳明晰《めいせき》、博学である。昔から自分で山姥《やまんば》を名乗っていたので、60代のシホコとヨウコは「山姥読書会」を提案したが、「山姥には、そうそうなれないわよ」と言われ、会の名はなかった。

初めは、従来の近代歴史観では粗末に扱われていた江戸の歴史、文化について読もうと、田中優子著『未来のための江戸学』『グローバリゼーションの中の江戸』などをお茶を飲みながら楽しく読んでいた。

ことし2月からは、役場前から毎週金曜に運行する「辺野古新基地建設を阻止する読谷村民会議」のバスに乗って、三婆たちは、キャンプ・シュワブ前の抗議行動に参加するように。そのうちバスで知り合った男性諸氏も加わり、薩摩の琉球侵攻以降の歴史や、現在の沖縄の状況を学ぶため、新城俊昭著『琉球沖縄史』を読み始めた。そして読書会の名前は「にぬふぁー会」（北極星の会）に決定。暗い海でも航路を見失わない、という意味を込めた。

酸いも甘いもかみ分けた熟年集団は、何となくいつも雑談が多く、なかなか本題に入れない。しかし、せっかくの出会い。急がず、慌てず、辺野古のバスの合言葉「できる人ができるときに」に倣い、長く続けていきたいと思う。

NO WARのバトン（琉球新報 ティータイム 2015・11・19）

アメリカがイラクに侵攻していた2004年、私はイラク戦争に反対するデモに参加するため、ある団体に付いてニューヨークに出掛けた。

滞在中、偶然、ロックフェラーセンターの前に立つ数人のおばあさんたちに会った。その人たちは、イラク戦争に反対するバンダナやステッカーを持ち、静かに穏やかに立っていた。そのおばあさんたちは、毎週水曜日の午後、どしゃ降りの日も、寒い風の日も、そこに立っていることを後日知った。2010年5月6日の時点で、なんと330回続いていると、ニューヨークタイムズの記事にあった。

日本から来た私たちも列の中に入れてもらった。一人の背の高いおばあさんが、私にバンダナをくれた。アメリカ国旗の中に「NO WAR」と大きな黒い文字で書いてあった。私は名も知らぬその人からバトンを渡された気がした。

さて辺野古新基地建設が強行に進められようとしている今、10月初めから読谷村在住の有志で、毎週木曜日の朝、読谷村大湾交差点の前で建設阻止のデモンストレーシヨンをしている。11月5日の参加者は、8人の老若男女と愛犬マルちゃんだった。車で通勤する人は手を振ってくれたり、黙ってうなずく人がいたり。私は〝ほうき〟を振って「戦争放棄」に引っ掛けているが、分かってもらえるのに少し時間が要るようだ。

毎週火曜日の夕方は、子育て中のママたちが中心の芋ぐるみ会議が活動している。

沖縄　読谷村に移り住んで（I《アイ》女のしんぶん　2016・2・10）

定年退職後、東京から夫と共に沖縄県読谷村に移住して4年がたちました。

沖縄の持つゆったりした空気感が好きで、30年くらい前から年に一度は家族で沖縄を訪ねていました。当時から旅行者というだけでなく、もっと沖縄のことを知り、生活の中に入っていきたいという想いがありました。

今、実際に沖縄で生活し、新しく知り合った友人、知人たちと話したり行動していることが不思議でもあります。

私が暮らす読谷村は、人口4万人余り、昨年、日本で一番大きい村になりました。

那覇から車で約1時間、東シナ海に面し、海のそばのさとうきび畑には、風がざわざわ吹いています。

第2次世界大戦中、米軍がはじめて上陸した土地、海の近くには「さとうきび畑」の歌碑や「艦砲射撃」の歌の記念碑、一族や近隣の人が集団自決をした「チビチリガマ」があります。

一見のどかな田園風景が広がっていますが、村の36％が米軍基地に接収され、本土の人たちが、もう忘れてしまった（？）戦争の思い出が今でも人々の心の中に強く残っていると思います。

先日、地域の公民館で、中年生まれの成年祝いが盛大に行われました。数え年で85歳、73歳の中年生まれの人を敬老会が祝うのですが、出席者は300人くらいいたでしょうか。

お祝いの言葉の中に、「73歳の人は戦争が終わって1、2歳。85歳の人は10代の多感な時期に戦争を経験し大変な苦労をされた……」とありました。もし東京だったら、公の場で戦争のことが話されるのは少ないでしょう。

地上戦で県民の4人に1人が亡くなり、戦後は日本と切り離され、27年間アメリカに占領、統治され、不平等な扱いを受けていたこと、ベトナム戦争時には、読谷村の隣の嘉手納空軍基地からＢ52爆撃機が出撃していたことなど、私が知識で聞きかじっていたことが、日常の生活の中にあったのですから、本土からノホホンとやってきた私たちが「ナイチャー（内地人）」と一種の差別語のように言われてしまうのも仕方ないかもしれません。皆快く迎え入れてくれますが、私はやはりアウトサイダーです。

読谷村では戦争体験を語り継ぐことも大切にされています。昨年は村の図書館で3回にわたり、体験談が話され、多くの人が参加しました。

辺野古新基地建設阻止の行動も行っています。昨年2月から毎週金曜日、読谷村役場から「辺野古新基地建設を阻止する読谷村民会議」のバスが出ています。バスが出発するときは、村長や役場の職員も見送ります。往復のバス代千円を払い、キャンプ・シュワブのゲート前の行動に参加しています。参加者は中高年が多く、年金からそのお金を出すのも大変と言う人もいます。

最近、東京の警視庁から筋骨隆々の機動隊員１００人が派遣されてきました。工事車両の進入を阻止しようと座りこむ中高年を、力ずくで排除する事態も目立ってきました。ゲート前は参加者や激励の旗も増え、機動隊員との間に緊迫する場面もありますが、ゴスペルや沖縄の歌・踊り、海外・県外からの参加者の話など、明るく粘り強い現場の雰囲気です。

1月24日の宜野湾市長選挙の結果は残念でしたが、沖縄で生活していると、時代と共に動いていている実感があります。

忘れなの花の言葉（琉球新報 ティータイム 2016・5・26）

今から50年近く前、東京武蔵野の片隅の女子大学に通っていたころ、なだらかな丘陵に広がる芝生の中に、元は神学校であった校舎と小さなチャペルがありました。

音楽の授業はそのチャペルで行われました。高名なメサイア指揮者（当時はそのことを全然知りません）池宮英才先生が、私たちに中田喜直の「はるかな尾瀬……遠い空」（夏の思い出）などの歌を教えました。先生はいつも温和で表情は楽しげでした。

最近ふとその中の1曲を思い出しました。

……忘れなの花の言葉よ
清らなまごころを君に捧《ささ》ぐ

忘れなと、
忘れなと、
ああ愛《いと》しい花の言葉……

その歌詞を思い出し、紙片に書きつけた翌日、読谷村の仲間で毎月1回開いている読書会「にぬふぁー会」のメンバーHさんの急逝の知らせを受けました。Hさんは、しばらく東京に滞在していたとき、倒れられたとのこと。

「にぬふぁー（北極星）会」の名付け親でした。昨年の2月から読谷村民会議で運営する、毎週金曜日の辺野古行きのバスで知り合った仲間です。ほんの1年間のおつきあいでしたが、散歩や食事、音楽会などたくさんの経験を共有し、沖縄の戦後の歴史を学習しました。Hさんと一緒にいて、人を傷つける言葉を聞いたり、嫌な思いをしたりしたことは一度もありません。いつも皆に心くばりをしている優しい方でした。私たちはこれからも辺野古に行き、「にぬふぁー会」を続けていきます。どうぞ、安らかに、読谷を吹きわたる風のように、見守っていてください。

ウコン（琉球新報 いこい 2017・8・10）

一昨年、夫が読谷ファーマーズマーケット「ゆんた市場」で、ウコンを買ってきました。しかし、使い方が分からず、冷蔵庫内に放置していました。

結局、庭の片隅にウコンをそのままパラパラとまいたところ、芽が出て夏の間は涼しげな緑の葉を茂らせ、そのうち白地にうっすらピンク色の混じったかれんな花を咲かせました。

冬の間は葉が枯れていましたが、今年の春が来て根元を掘ったところ、たくさんのウコンを収穫できました。涼しげな葉と、天女のような花が咲いていたその根元に、ごつごつとしたウコンがびっしり育っていたとは驚きです。

インターネットで「ウコン酒」の作り方を検索し、作ることにしました。ウコンは、抗炎症、抗酸化作用があり、糖尿病やがんの予防、抗うつ作用もあるとのことです。

今年は庭のビワの実、山桃、サクランボでも果実酒を作りました。

地域ネコ（琉球新報 ティータイム 2017・8・13）

まだ東京に住んでいた頃のこと、多摩川に近い住宅地に「パパゲーノ」というカフェがあった。マンションのオーナーでもあるマダムは、マンションの管理も兼ねて、建物の一角にカフェを開いている。

無類のネコ好きのマダム、家にもネコがいるが、地域に暮らしている主のいないネコにも餌を与え、ヨモギちゃんとか小豆ちゃんとか名前もつけている。

でも彼女の素晴らしいところは、地域ネコの避妊、去勢に取り組んでいることだ。そのためにカフェの入り口近くにネコを捕まえる網の箱をしかけ、もう1人のネコ好きのマンションの住人と協力して見張っている。賢い地域ネコは餌はもらっても、なかなか罠《わな》にかからない。

「このあいだ罠にかかったと思ったら、それはウチのネコだったわよ、ワハハ」と。

東京都では、地域ネコにも避妊や去勢手術費用の助成制度がある。

3年前、読谷村のわが家にも「キーちゃん」という大きな雄ネコがやってきた（子猫で来たときは小さかったのですが、今は6キロ)。獣医師さんの勧めで、家の中で飼っている。

ネコと生活してみると、家のまわりにもたくさんのネコが生活していることが分かってきた。なかには十分な餌にありつけないのか、とても痩せたネコもいる。病気やけがで寿命も短いようだ。

「パパゲーノ」のマダムのように、餌を提供し、手術のために動物病院まで連れていく覚悟があるのか、考えると複雑である。

されど靴(琉球新報 ティータイム 2017・9・5)

ある日の辺野古、キャンプ・シュワブゲート前、工事車両の進入を前に、私たちは若い機動隊員たちと対峙《たいじ》していた。対峙の中でもちょっと緊張がとれたとき、友人の山姥マコが、「あら、機動隊員は良い靴をはいているのね」といった(山姥マコは82歳なので怖いものなし)。磨かれた革の靴、足首までぴっちりはまり、頑丈で動きやすく、機能的に作られているようだ。

そしてまた、山姥マコは、友人のヒガさんに「ヒガさんも良い靴履いているわね」という。「僕のは高かったよ、3千円だよ」とヒガさんは自分のズック靴を指さす。「あら、あたしのは千円よ」と山姥マコ。そういう私も履き古したサンダル靴である。

辺野古キャンプ・シュワブゲート前の
ヒガさんと山姥マコ
ヒガさんはいい靴
はいてるのね。
ボクのは
高かったよ.
3千円だよ
袋を
しょっている.
私は下駄よ。
草の根の活動— 小さくても声をあげたい。
ゲート前でゴスペルを歌う日

昨年、沖縄市の「ヒストリーⅡ」で「石川文洋写真展、そしてコザ」を見に行った、その展示を思い出した。会場には大きくて上質の革靴と、ベトミンのサンダル靴が対比して置いてあった。ベトミンのサンダルは簡素で、古タイヤを利用して作られたものだという。しかし、簡単なサンダルは、草の根のようにしたたかに根をはり、大国アメリカの軍隊を撤退させたのだ。

米軍基地をこれ以上造らせまいとする沖縄県民の思いも、日米政府から見ればアリのような小さな虫の思いかもしれない。それぞれのアリのような人には、それぞれの人生、思いが詰まっている。いつかは巨象を退散させることができるのだろうか。「声をあげること」とある元女性教師がいっていた。

木べら（琉球新報 いこい 2017・10・23）

台所には、古い木べらが2本あります。1本は社会人になってまもなく、会津駒ケ岳に登ったときに福島県の桧枝岐《ひのえまた》で購入したもの。もう1本は結婚して子どもが生まれた頃、生活協同組合の共同購入で買ったものです。2本とも30年はゆうに超える古物です。

木べらの先はなめし革のように黒茶色になり、少しすり減っています。持ち手の方も焦げたところがあります。結婚してから7回も引っ越ししたのですが、その木べらたちは捨てられませんでした。

その他古い物に、高校生のときにデパートの「蚤《のみ》の市」で買ったロシアの花瓶、偽のリモージュの砂糖つぼ、小学生のときのセルロイドのお針箱、初めてお菓子を作ったときのステンレスのボール、などもあります。私は人間関係も長持ちする方ですが……。

最近、通販で新しい木べらを買いました。白くツヤツヤして、軽くて上等です。今後大切に長くおつき合いできたらと思います。

誤解と理解不足（琉球新報 オピニオン 2017・10・29）

ある沖縄そば店でのことです。数人の男性がドヤドヤと入ってきて、店の中ほどに席をとると、本土の言葉で声高に「辺野古に反対するのは、関連の仕事の恩恵を受けない貧しい層のやっかみでは」「反対屋さんがいるんじゃないですか」と話していました。

おやおや、沖縄県民は聞いていますよ。6年前に移住してきた私でさえ、耳を疑う言葉です。

彼らは、一部の本土の人たちの意見を代弁しているかもしれません。ネットなどのフェイクニュースもありますが、在京の大手新聞がほとんど沖縄の情報を取り上げないため、沖縄への誤解や理解不足もあります。本土にとって沖縄は距離的にも意識的にも遠い所です（6年前の私がそうだったように）。

名護市の辺野古ゲート前の参加者は中高年の年金生活者が多いかもしれませんが、反対屋ではありません。皆自前で参加しています。

辺野古に関する本土の人たちとの認識の差を感じたひとコマでした。

南フランス（琉球新報 ティータイム 2017・12・24）

2年前から、エブリーヌさんというフランス人と友達になった。きっかけは、あるカフェで開催されたエブリーヌさんの写真展。南フランスの街の写真（主に古城や修道院、民家の窓を中心に撮ったもの）が展示されていた。

写真展の収益はチベットからの亡命者が暮らす、北インドにある「チベット人の村」へ寄贈するとのことだ。

フランス人というと、すましてプライドが高く、アジア人に対して差別意識が強いという先入観があった。でもそれは私の偏見で、実際のエブリーヌさんは、気持ちがオープンで心遣いが優しく、言葉を大切にする思慮深い人である。それに日本語がとても上手だ（フランス人と接するのは初めてだったので、実際を知らないということは恐ろしい）。

エブリーヌさんから、昔南フランス一帯は北フランスのオイル語（現在のフランス語）に対して、独自の言語オクシタン語が話されていたことを知った。13世紀のアルビジョワ十字軍の侵攻とその後の歴史的政治的背景により、現在のフランス語に統一された。

１８８１年にはフランス政府はオクシタン語の学校教育を禁止した。けれどオクシタン語は今でも方言として残り、話者は少ないが存続している。エブリーヌさんの祖母もオクシタン語が話せたそう。最近は南フランスでは、文化や言語を復活するための活動（芝居や歌、文学の活動）も盛んで、ツールージュなどの都市にはオクシタン文化の事務所もある。

私は来年はお金をためて、エブリーヌさんと共に南フランスへ旅することを夢みている。

沖縄の日差し（琉球新報 いこい 2018・1・4）

本と猫 珈琲ありて冬籠り
陽子
Neko
トラ猫キーちゃん。
（10歳 7.5キロ）

久しぶりに夫とランチを食べたレストランでのこと。夫がまじまじと私の顔を見て「お母さんは毎日外に行ってるから、シミやシワが増えたね……。まるで70代だね」と言いました。

私は庭の草取りや道の掃除が好きで、時間のあるときは外に出ています。

3年前から家にいる猫のキーちゃんも外出が大好き。獣医さんから室内飼いを勧められましたが外に出たがるので、午前中のひとときはリードを付けて家の外で過ごしています。コーヒーと新聞、落ち葉などを入れるビニール袋を持参しています。はたから見ると、とても珍妙な姿に見えるかもしれません。

沖縄で暮らして6年。沖縄の日差しを甘く見ていました。私の顔や腕は鋼鉄のように黒く、シミやシワが深くなり……。昔は色白だけが取りえでしたが……。最近になって、いろいろな化粧水やクリームを塗り、無駄な抵抗をしています。

きれいなトイレ（琉球新報 いこい 2018・2・22）

沖縄に住むようになって、公共のトイレがいつも気持ちよく清掃されているのを感じます。東京で長く暮らしていましたが、東京は人口密集地で、公共トイレの利用者も多いためか、特に駅などのトイレは清潔に感じられませんでした。便器のまわりにトイレットペーパーが沢山散乱していたり、手洗いに長い髪の毛がベタリと張りついていたり……、トイレを清掃する人のご苦労を感じます。

沖縄に来てから、ゆいレールの駅のトイレも清潔、村内の図書館や、通院先の嘉手納の病院のトイレは特にきれいで気持ちよく利用しています。新しい建物ではないのに、清掃が行き届き、小花なども飾られてほっとします。

私は「男はつらいよ」の寅さんの実家、「とらや」のトイレも、画面には映りませんが、おばちゃんが、いつも掃除をしていて、きれいだろうと想像しています。

先日の「南風」のエッセイで拝読した「神は細部に宿る」ですね。

ワンちゃんの困りもの（琉球新報　いこい　2018・4・30）

緑の風が心地よい季節です。

わが家には門と塀がありません。よく言えば、アメリカの住宅風、ちょっとこだわりと思われるかもしれませんが、単純に塀を造るお金がなかったから。道路からすぐに芝生で少しずつ木も植えています。

ちょっと困っているのが、ワンちゃんやネコのウンチです。庭の掃除をするたびに、数カ所にウンチがあり片付けています。

近隣のネコはほとんど自由なので、仕方ありません。散歩の途中、ワンちゃんが芝生の上でウンチをするのは気持ちよいのかもしれませんが、犬の飼い主さんは片付けもお願いしたいです。たいていの方は袋を持って散歩をしていますが……。

周辺には畑があり、まだまだのどかな読谷村、時々ワンちゃんが1匹で散歩しているのも見かけます。仕方ないか？　と思いつつも臭い一物を片付けています。

右手の痛みの理由（琉球新報 ティータイム 2018・6・14）

2、3週間前から右手首の痛みが気になっている。久しぶりに東京に行き、重い荷物を持ち過ぎたからだろうか。それとも4月末の辺野古ゲート前の500人集会に参加したとき、市民排除するときの機動隊員に右手をギュッとつかまれたからだろうか。そうでないなら最近夢中になっているパッチワークキルトのやり過ぎだからなのか。原因は分からないものの、右手がうまく使えないと日常生活にさまざまな支障があることに気付いた。

まず料理である。もともと得意ではないが、家族のために毎日作っている。野菜を洗う、切る。炒めたり煮たり、鍋や食器を洗うなど、右手を使う場面は多い。それを左手がさりげなく自然にフォローしていることに気付く。

野菜を洗うときは右手が洗い、左手が持つ。切るときは右手が包丁を持ち、左手が支えている。手指は両方機能していることが自然で、何らかの事由で欠損や機能に支障が出てしまうと、本当に不自由なのだと痛感した。

私が若い頃、東京の区役所で身障福祉担当をしていたときに「小指の欠損では身障手帳に該当しません」と事もなげに言っていたことが恥ずかしく、申し訳ない。生活保護のケースワーカーをしていたときにも、随分ひどいことを言っていたかもしれない。

右手が利き手なので、字を書くことも不自由である。小さな字が書けず、大きくヨロヨロとした字になってしまう。来週は整形外科に行こうと思う。

辺野古は遠い所（琉球新報 声 2018・7・20）

久しぶりに東京を訪れた。羽田空港から京急蒲田駅までの沿線風景は、住宅やビルが密集し、いかにも人口密度が高い感じである。現在母が暮らしている神奈川県三浦海岸の方まで行くと、海が近く、緑もふえてホッとする。

京浜急行鉄道は、通勤通学時間以外のいつの時間帯に乗っても乗客が満員で、さすが人口の一極集中、人が多いのに驚いた。駅の階段の昇降は高齢者には良い運動になる。そして皆、足早に上り下りする。

女性の服装は黒、白、ベージュを基調として、とてもシックだ。沖縄からやってきて、赤やピンクなど明るい色彩を身につけている私は、その中ではなんとなく浮いている感じがする。沖縄の日差しには明るい色が似合うが、都会の女性はスマートだ。

そして女性も男性も老いも若きも電車内ではスマホの画面に見入っている。都会で暮らす大部分の人々は、米軍基地や辺野古は遠い所なのかもしれない、とふと思った。

三つの目（琉球新報　いこい　2018・7・23）

私には三つの目があります。

一つ目は裸眼です。子どもの頃から強度近視のため、今でも視力は0・1あるかどうかです。

二つ目はコンタクトレンズ。この視力は0・7です。初めてコンタクトレンズを付けて、世界を見たときは、とても明るく今までと違った世界に見えました。モヤモヤとした緑色の固まりにしか見えなかった樹々の葉の一枚一枚が、くっきりと見えました。

三つ目は最近購入した遠近両用眼鏡です。この眼鏡は私には高価な買い物だったのですが、あまり使い勝手が良くなくて、読書やパッチワークをするときは裸眼でしています。

また生まれてくることがあるとしたら、今度は良い目で、目を覚ましたときから世界がくっきりと見えてほしいと思います。

もう一つ「心の目」がありましたね。でも「心の目」が澄んでいるかあまり自信がありません。

つながり感じた（琉球新報 声 2018・12・25）

97歳で亡くなった義父の葬儀のため、短い期間東京へ行く機会がありました。東京で朝日新聞と東京新聞を購入しました。

11日付東京新聞には、沖縄出身の俳優・津嘉山正種さんが、東京都杉並区の劇場で上演する「かわいそうなゾウ」の記事が掲載されていました。津嘉山さんはそのときの獣医師を演じています。

津嘉山さんは、今年の夏に辺野古を訪れ「抵抗できないゾウと沖縄は似ている」と公演を企画したそうです。

東京新聞「つながるオピニオン」では、本紙に掲載されていた当真嗣寿雄さんの「デイゴ蘇生に期待」が載っていました。この投稿記事は沖縄でも拝読しましたので、東京と沖縄のつながりを感じ、うれしかったです。

朝日新聞11日付の「朝日俳壇」には「沖縄の　民意埋め立て　冬の海」（福島県伊達市・佐藤茂さん）がありました。伊達市は原発事故のあった地域です。つながり、声を上げていくことが大事だと思いました。

月桃茶（琉球新報　いこい　２０１９・１・14）

家の裏に月桃が生えている。この月桃は、まだ東京に住んでいたときに読谷村の友人から苗をもらい、マンションのベランダで育てていたものだ。鉢植えなのであまり大きくならなかったが、東京の冬の寒さにも負けず、50〜60センチメートルの高さに育った。

5年前、晴れて読谷村にわが家を造ったときに、鉢植えの月桃を移植した。あれよあれよと大きくなり、茂ること、茂ること。通りのじゃまになるので、バサバサと葉を切っていた。最近は、月桃の葉を軽く干して小さく切り、お茶パックに入れて月桃茶を飲んでいる。

月桃は、せき、たん、鼻水などの症状を緩和する効用があるとのこと。アレルギー体質で、昔から鼻水やせきがひどいが、月桃茶を飲んでからあまり出なくなった。ダイエット効果もあると良いのだが……。

命を頂く（琉球新報 いこい 2019・4・8）

読谷村大当《ウフドウ》からわが家の方へ向かう2キロ余りの農道は、片側に東シナ海が見え、「チビチリガマ」「さとうきび畑」の歌碑、お墓などが農地の中に点在しています。牛舎や豚小屋もあります。

あるとき、車で牛舎の横を通りかかると、大きな黒牛がトラックに乗せられ、体の底からしぼり出すような悲しそうな声で「ウァーオン」と鳴いていました。ひょっとしたら牛は売られていくのか？

一方で、食べ物としての牛肉をみると、国産牛は高価で庶民はめったに口にできませんが、とてもおいしいです（ある写真で安倍首相が小さな白いエプロンを付けて、ステーキを食べていました。とてもよく似合っていました）。

国産牛は無理でも、ちょっと値のはるアグー豚などはおいしく頂いています。牛や豚が身近に見える郊外に暮らしていると、おいしい肉を食べるときに、生き物の命を頂いているのだと思えるようになりました。

実家の下に（琉球新報 ティータイム 2019・6・2）

東京に住む友人から電話がありました。

今日は大発見をしたのだと、興奮した声で。

彼女は勉強好きで、中学校の国語教師を定年退職したあとも、早稲田大学のカルチャー講座に通学しています。

私の実家は東京の西早稲田にありましたが、大きな不動産会社がビルを建てるために周辺の土地を買収。私の実家も解体されて、現在は空き地になっています。

彼女が言うには「今日、たまたま学校の帰りに陽子ちゃんの実家あとを通ったら、何か発掘していてね、調査の人に聞いてみたら、弥生時代の横穴式住居が出てきたんだって。弥生時代のその上の地層には江戸時代の井戸があって、お茶わんのかけらがたくさん落ちていたんだって」

「本当はいけないと言われたんだけど、お茶わんのかけらを1枚もらってきたわよ。イヒヒ」

（どう言ってもらったのでしょう？）

私の実家は神社のイチョウ並木のすぐ横にあり、第2次大戦のときはイチョウが空襲の猛火をくいとめ、その一角は焼けずに残りました。昭和初期に建てられた古い家で、それも遺跡と言えなくもありません。その下に弥生時代や江戸時代の生活のあとがあるとは、現在まで分かりませんでした。

遺跡は「穴八幡神社遺跡」と名付けられ、2月末に調査が終わると、また埋め戻されて建物が建つ予定とのことです。

最近の都心では道路工事やビル建設があると、あちこちから遺跡が出てくるとのことです。

午睡の夢（琉球新報 声 2019・8・21）

テレビのニュースで「ロンドン迷い犬保護センター」のことを伝えていました。古城の回廊のような所で犬が楽しそうに走り回っています。犬のしわがれた鳴き声。その声はニュースが終わっても、まだ続いています。おかしいと思って横を見ると、昼寝中の夫のいびきがずっと続いています。私も昼寝中にこの夢を見ていたのです。

しばらくして、箒で床を掃除しようとすると、古くなったためごみ袋に捨てたはずの箒で床を掃いています。何か使いづらくて夫に向かって「何で捨てた箒をまた持ってくるの？」とガミガミ怒っています。これもまた、昼寝中のナンセンスな夢なのです。

暑い日が続き、4月に乳がんの手術をしたことも言い訳に、毎日午後は昼寝をしています。わが家の大猫キーちゃん（体重7キロ）をはさんで、夫と私は川の字になって寝ています。

日中暑い中働いている方、辺野古で座り込む人たちに申し訳ないと思いつつ、今日も心地よい午睡をしています。

異文化とジョン（琉球新報 いこい 2019・9・2）

最近『ヨハネによる福音書』の英語版を読んでいます。ヨハネは英語ではジョンというのだと知りました。マタイはマシューで、『赤毛のアン』の養父マシューはマタイだったのですね。欧米の文化はキリスト教に深く影響を受けていると分かります。

私が子どもの頃の昭和30年代、家の隣に学生向けの下宿屋さんがあり、名犬ラッシーのような、洋風の大きな雑種の犬がいました。ジョンという名の雌犬でした。ジョンは温和で、番犬なのにほえることはなく、学生さんや近所の人から「ジョン、ジョン」と親しまれていました。終戦直後の生まれの犬らしく、好物はさつま芋でした。

昭和30年代の私たちは知らずに「ヨハネ、ヨハネ」と呼んでいたのですね。欧米のクリスチャンが見たら目をむいたかもしれません。ジョンは高齢になり、天に召されていきました。

大都市の弱点体感（琉球新報 声 2019・9・29）

89歳の母に会うため上京しました。羽田空港に着いた9月5日、その日はちょうど京浜急行線が大型トラックと衝突、脱線事故があり、川崎駅と横浜・上大岡駅間が不通になっていました。

三浦海岸に住む母のところへいくために、いつもなら空港からゆっくり1時間余り、直通で三浦海岸へ行けるはずでしたが……。川崎駅から横浜駅までJR、横浜駅から上大岡駅まで地下鉄、上大岡駅から三浦海岸駅までを京浜急行線で乗り継いでいく必要がありました。

人混みの中、リュックを背負い大きな旅行ケースを持ち、地下街を抜けて駅の階段を昇ったり降りたり、空気の悪い登山をしているようです。おまけに後ろから「そのリュックの人、じゃまよ、どいて」とどこかのおばさまに言われる始末。東京生まれの東京育ちですが、関東人は言葉がきつかったのだと思い出しました。

一部の京浜急行線区間は3日間不通。ひとつの大事故でこんなに混乱するのですから、都市部が大災害に見舞われたら大パニックです。台風の影響により千葉県ではいまだに停電が続いています。都市機能の弱点を体感しました。

旅を終え、那覇空港に着いたときはほっとしました。8年間沖縄に住んで半分ウチナーンチュにならせてもらっています。

大人のための朗読会（琉球新報 ティータイム 2019・11・17）

子どもの頃から人前で話すのが苦手で、たくさんの人の前で朗読をするなんてとんでもないと思っていました。

読谷村が年に一度開催する「大人のための朗読会」に長年読み聞かせや朗読に携わってきた由美子先生からお誘いがあり、図書館の担当者からも、直々にお電話があり、その流れで朗読会に参加することに。

プログラムは2部構成で、1部は川端康成『伊豆の踊子（抄）』と島崎藤村の『初

あっと いうまに
おばあさんになった。
読むことは大好き。
書くこともそれなりに。
投稿した文が掲載されるとやはり嬉しい
なに読んでるの〜？

恋』、2部は田辺聖子『星を撒《ま》く』と太宰治の『津軽（抄）』です。私は『津軽』のほんの一部を朗読しました。

田辺聖子『星を撒く』。子どものときに味わった後悔や苦悩や挫折感などは大人になってからの人生航路の道しるべになるが「愛された記憶」は人を支える。

次に続く『津軽』では最後の場面、太宰治が大人になってから30年ぶりに自分を育てた使用人のタケを訪ねて再会する場面です。大地主の六男である太宰は病身の母に代わり、年若い使用人のタケに育てられました。太宰のせりふ部分を朗読するのは知的でスマートなG氏、私はタケの部分です。「よく来たなあ。こんなに立派になって。まさか会いに来てくれるとは思わなかった」とタケは、はにかみつつ素朴な愛情いっぱいで再会を喜びます。

高校生の頃、夢中で読んだ太宰治、50年ぶりに再会したのは私にとっても意味がありました。私も観客の方も秋の夜長の読書への誘いになったのでは、と思います。

再検査は早めに（琉球新報 ティータイム 2020・2・5）

数年前から気になっていた右胸のしこり。村の検診で、再検査と言われたが、延び延びにしていた。

昨年3月、意を決して乳腺外来を訪ねた。初回はマンモグラフィー、細胞検査など。結果は2週間後。優しそうな女医さんから「がんでしたねー」と明るく告知されてしまった。

その後はPET、MRIなど最新機器による検査が続き、結婚記念日でもエープリルフールでもある4月1日に入院。翌2日、全身麻酔で3時間半の手術。4日からはシャワーを浴びることもできた。12日間の入院後に無事退院。がんは約3・5センチの大きさだった。皮膚への浸潤はあったものの、幸い脳や肺などへの転移はなし。受診を延び延びにしたのは、ひとえに胸を失う不安があったから。その右胸は乳房温存手術で半分くらいになり、左胸も右に合わせて小さくしてもらった。

5月の連休明けからは放射線治療で週5日、5週間毎日通院した。現在は3カ月に1度の通院となり、女性ホルモンを抑える薬を毎朝服用している。

検査・治療の心理的・肉体的負担をほとんど感じなかったのは、ドクターや看護師、スタッフの皆さんの温かい対応、そして家族や友人の励ましが大きかった。

当然のことながら、再検査と言われたら早めに受診・治療すべきだったと思う。再検査は誰でも不安になるが、思った以上に医学は進歩しているものである。

穏やかな手話交流　（琉球新報　声　2020・3・22）

数年前のこと。デンマークから友人のジェフとランディが沖縄に訪ねてきてくれた。

30歳のランディは重い知的障がいがあり、意思疎通は手話で。80歳の元高校教師のジェフはランディの里親である。

2人は、沖縄に3週間以上滞在。私は家族や友人の力を借りて、できるだけあちらこちら案内した。

県立博物館でのこと。ジェフが展示作品を見ている間、ランディと私は博物館内のカフェで待つことになった。隣には上品で物静かな中年夫婦が座っていた。

その夫婦が笑顔でランディに手話で話し掛けた。話を聞くと、その夫婦は聴覚障がい者で、旅行で韓国から来たらしい。3カ国4人の間に、手話を通して穏やかな交流の時間が流れた。私は手話がそれほど上手ではなく、韓国語もできないため、どうして会話できたのか不思議だった。

昨年、ジェフにクリスマスカードを送った。すると、「ジェフは昨年9月に召天された」とジェフの娘さんから便りが届いた。ランディもジェフも私の大切な思い出である。

大学の犬と猫（琉球新報 ティータイム 2020・4・11）

50年近く前、東京都心にある大きな大学に通っていた頃、文学部校舎に小さな図書館がありました。時々そこで、本を読んだりレポートを書いたりしました。図書館は時々は学生の談笑の場になり、隣の学生2人が「今度のレポート提出した？　あの先生は採点が厳しい」とか「俺のおやじの顔ブスいんだよな」などと、とりとめのないことを話していると、そのまた隣の学生から「静かに」と注意されたりします。その図書館には大きな犬がいました。どこから入ってくるのか、いつも静かに寝転んだり、ゆうゆうと学生たちの間を歩いています。吠《ほ》えたり学生のじゃまをすることはありません。

その大きな大学の以前に通っていた郊外の小さな女子短大には、キャンパスの中央にチャペルがあり、その周りにアメリカ風の校舎が建っていました。その短大にも大きな猫が暮らしていました。芝生の上をノシノシ歩き、遠くから見ると犬のような大きさに見えました。私はその図書館で遠藤周作の『沈黙』、石牟礼道子の『苦海浄土』、小田実の『何でも見てやろう』……『アンナ・カレーニナ』『罪と罰』『ヒロシマノート』……何だかんだと読みました。

卒業後、社会人となり、今は高齢者の入り口に立って、あの頃は、よく読めたものだと思います。何も知らないオボコでしたね。もし、仮に私が犬や猫だったら？　街中ではなく、浮世から少し離れた大学の中に住みついて暮らすのもいいなと、とりとめなく思ったりします。

父の故郷（琉球新報 ティータイム 2021・1・6）

年末年始になると、父が30年ぶりに家族を連れて帰郷したことを思い出す。父は福岡県博多生まれ、江戸時代から続く商家の一人っ子。生まれたときは裕福な暮らしだったそうだが、父が子どもの頃に両親が亡くなり、家が没落した。

父は東京のおじを頼って、上京した。米屋に奉公して、戦後に東京・早稲田で米屋を始めた。「東京で一番貧乏な米屋」と自慢していた。東京で一番、というのがリアリティーがある。生活を支えるため両親は一生懸命働いていた。

料金受取人払郵便

新宿局承認

2524

差出有効期間
2025年3月
31日まで
（切手不要）

郵便はがき

160-8791

141

東京都新宿区新宿1－10－1

（株）文芸社

愛読者カード係 行

お名前《ふりがな》			明治　大正 昭和　平成　　年生　　歳	
ご住所《ふりがな》	□□□-□□□□			性別 男・女
お電話 番　号	（書籍ご注文の際に必要です）	ご職業		
E-mail				
ご購読雑誌（複数可）		ご購読新聞 新聞		

最近読んでおもしろかった本や今後、とりあげてほしいテーマをお教えください。

ご自分の研究成果や経験、お考え等を出版してみたいというお気持ちはありますか。

ある　　ない　　内容・テーマ（　　　　　　　　　　）

現在完成した作品をお持ちですか。

ある　　ない　　ジャンル・原稿量（　　　　　　　　　　）

書　名					
お買上 書　店	都道 府県	市区 郡	書店名		書店
			ご購入日	年　　月　　日	

本書をどこでお知りになりましたか?

1.書店店頭　2.知人にすすめられて　3.インターネット(サイト名　　　　　　　　)

4.DMハガキ　5.広告、記事を見て(新聞、雑誌名　　　　　　　　)

上の質問に関連して、ご購入の決め手となったのは?

1.タイトル　2.著者　3.内容　4.カバーデザイン　5.帯

その他ご自由にお書きください。

(　　　　　　　　　　　　　　　　)

本書についてのご意見、ご感想をお聞かせください。

①内容について

②カバー、タイトル、帯について

弊社Webサイトからもご意見、ご感想をお寄せいただけます。

ご協力ありがとうございました。

※お寄せいただいたご意見、ご感想は新聞広告等で匿名にて使わせていただくことがあります。

※お客様の個人情報は、小社からの連絡のみに使用します。社外に提供することは一切ありません。

■書籍のご注文は、お近くの書店または、ブックサービス(0120-29-9625)、セブンネットショッピング(http://7net.omni7.jp/)にお申し込み下さい。

1961（昭和36）年、私が小学5年生のときに、父の上京以来初めて故郷の博多に家族（父、母、妹、私）で帰郷した。大みそかまで店を開けているため、夜になって、羽田空港から福岡の板付空港まで「ムーンライト」という夜間飛行機に乗り、早朝に博多に着いた。

父が子どもの頃、一時お世話になっていた親戚の造り酒屋を訪ねた。おばさんが「よく来たね。生きていてよかった」と、博多の伝統的なお雑煮と正月料理でもてなしてくれた。30年もたっていたので、父は容貌もずいぶん変わっていただろう。

父が幼なじみの家を訪ねると、その人は戦死されたとのこと。それ以来、父は毎年のように博多の親戚を訪ねた。食事のときに、子ども時代の楽しかった出来事を話してくれた。

父にとって博多は心の故郷であり、自分を支えるものだったのだろう。

ケイさんとの交流（琉球新報　ティータイム　2021・3・4）

初めてケイさんと会ったのは、7、8年前の本紙投稿者の集いでした。当時、近所に住んでいた山姥マコこと雅子さんと喜んで出掛けました。

私たちは沖縄に住み始めたばかりで、集いも初めての参加。ケイさんが読谷村の方と分かり、話しかけては、住んでいる所はどこ。今度お茶を飲みましょうと誘いました。ケイさんは何となく敬遠している様子。それきりかと思っていましたが、私の自費出版した『読谷便り』を差し上げたり、図書館で偶然会ったりしているうちに親しく話ができるようになりました。

ケイさんは白髪の美女で、バーを経営しています。コロナ禍の時短で、閉めている店も多く、ビルの中はひっそりしています。「一人で怖くない」と聞くと人間より幽霊のほうが怖いと。

私がカラオケで海勢頭豊さん作詞・作曲の『月桃』や『喜瀬武原』を歌うと、店でその歌を歌った人はいない、とのことです。そのため、私のおぼつかない歌唱力で歌唱指導をしています。

互いの生い立ちや家族のこと、社会観、死生観、最近読んだ本、健康のために腸をつかむこと?など、本音で話せるようになりました。私は沖縄に住みついた寄留者のような者。投稿がご縁で友達ができてうれしいのです。

これからも体に気を付けて長く生きたいと思うのですが、ケイさんはそんなに長くは生きたくないとのことです。でもこれからも、命ある限りたくさんのことを話していきましょうね。

貴重な時間（琉球新報 声 2021・4・2）

今年の年賀状に「三婆読書会」の写真を送った。ある友人から、3人とも同じ顔のそっくりさんでびっくりしたとのことだった。

この「三婆読書会」は、月に1度、私の家で読書会をしている。メンバーのSさんは最近、太極拳の初段に合格したので、読書会の始まりは、マスクをして庭に出て、太極拳の基本動作を教えてもらう。その後はマスクをしながら、コーヒーを飲み、お菓子を食べて、この1カ月間に読んだ本の感想を話し合う。

メンバーは今は皆、引退したが、保健師、介護事業所運営者、ケースワーカーだった。それぞれの場面で人に対面し、共通点のある仕事をしていたためか、雰囲気が似てしまったのかもしれない。

今回、話題にのぼった本は、『叛逆老人は死なず』『真っ直ぐに、保母』『新川和江詩集』『非色』などで、読みたい本は皆で回覧している。月に1度の2時間だが、皆で読後感を言い合っている。コロナ禍の中のとても貴重な時間である。

熟成のチーズケーキ（琉球新報 声 2021・5・23）

冷蔵庫の中でしばらく眠っていたクリームチーズ、サワークリーム、生クリームでチーズケーキを作ろうと思いたった。みんな消費期限ぎりぎりだ。生クリームは少し期限が過ぎていたが、味見をしてみると何とか大丈夫。

卵、砂糖、頂いたユズ、愛媛に住む88歳のおばが育てたレモンなどを投入した。焼き上がるのを待つ。恐る恐る食べてみるととてもおいしかった。消費期限ぎりぎりの私たちみたい。熟成の味だ。

70歳を過ぎ、何人かの友は雲の上の世界へ旅立った（時々降りてきて、私のすぐ隣にいるかもしれないが……見えないけれど）。2年前、私も乳がんの手術をし、経過観察中だ。限られた命、これからの人生を味わって生きていきたいと思う。

歯の治療を開始（琉球新報 声 2021・8・1）

一昨年の4月2日に乳がんの手術をしてから、2年4カ月が経過した。昨年の4月1日から歯科医院に通院している。4月1日は、私たち夫婦の結婚記念日でエープリルフール。4月は（古い自分との）別れと、新しい出発の季節だ。ずっと治療を怠っていた私の歯は、虫歯が多く、1年以上かかって最近やっと上の歯の治療が終わった。

一昔前の歯医者さんのイメージは虫歯を削る機械の音や、時々チクッとかズキンとする痛みが怖く、歯医者に行くのが苦手だった。今の歯科治療は、麻酔技術のおかげで痛みはほとんどなく、とても丁寧。時々治療の合間にウトウトしてしまうほどの緊張感のなさだ。スタッフの対応も優しい。

もっと早く歯科の通院を始めていれば良かった。80歳まで自分の歯20本を目指そう。

道の掃除（琉球新報 声 2021・8・23）

私の曽祖父という石橋伊右衛門は、明治時代の博多の商人で、江戸時代からこの名を世襲していたとのことだ。遠い時代の人だが、この曽祖父の逸話といえば、店の仕事がないときは、いつもほうきを持ち、往来を掃除していたとのことだ。

その習慣は私の父にも受け継がれて、父は東京早稲田の小さい商店主だったが、家事はほとんどしないのに、店の前の道をきれいに掃除していた。歩道のプラタナスの落ち葉を掃き、道にはごみが落ちていなかった。

たまに東京に雪が降った日の翌朝は、歩道をくまなく雪かきして、歩く人が滑って転ばないようにしていた。道は公共の場であるが、商売をなりわいとする者の、道への感謝とマナーであったのだろう。

巡り巡って、私は今沖縄にいる。私も父に倣い、なるべく家の周辺を清掃しようとしているのだが、最近は日差しが強く、道の掃除を怠っている。

沖縄文化に通じる（琉球新報 声 2021・9・27）

私が子どもの頃、東京では「おじや」と言っていた雑炊を父が時々作っていた。残り物の野菜、肉、魚、ご飯などを入れて、スープ状にし、卵でとじたものである。父はいろいろな食材が混ざることによって、複雑においしくなるのだと言っていた。たしかに複雑な味を醸していた。

父は早稲田大学近くの小さな米屋だったが、時々早稲田大学の先生や留学生を家でもてなした。私の育った家は狭くて小さく、外国の留学生から見たら「うさぎ小屋」どころか「鳥籠」のように見えただろう。

私が外国の人と、偏見なく普通に接することができるようになったのは、父の影響かもしれない（分かり合えないこともたくさんあると思うが……）。とりあえず笑顔だ。

沖縄の誰でも迎え入れるチャンプルー文化にも通じることがあるかもしれず、私も沖縄文化の端っこに入れてもらっている。

ミヨさんの世界（琉球新報 ティータイム 2021・11・10）

投稿友達のケイさんと一緒に、ミヨさん宅を訪ねた。日頃から「ミヨさんてどんな人かな。一度お庭を訪ねたいね」と話していた。でもケイさんは私に「そんなエネルギーはない。訪ねるなんてとてもできない」と言っていた。ところが、俄然《がぜん》ケイさんは動き出し、あれよあれよという間に、ミヨさん宅訪問を実現した。

ミヨさんの庭は100種類以上の植物の緑に囲まれ、森の中にいるようだった。以前、外国のアンティークを扱うお店をしていたとのことで、部屋にはたくさんの年代物のポット、アメリカの大皿、カップ、アジアのザルなどが窓際の棚に置かれたり、台所につるされたりしていた。庭と同じように、お部屋にもミヨさんの世界があった。ジャズやアメリカン・ソウルの音楽が流れている。

私は2011年に沖縄に来たため、その当

時ミヨさんのお店が閉められていたのが残念！　ミヨさんから、１９８４年から琉球新報に掲載された３１９編の投稿をまとめた「さくららんの花咲くころ」を頂いた。お話しすると、ミヨさんの人柄から家族や多くの友人に恵まれていることが伝わってきた。ミヨさんは飾らない自然体の方だった。シークヮーサーの酵素ジュースをたくさん頂いた。寝る前に飲んだら、朝寝坊で目覚めの悪い私が、なんと翌朝６時に起き、気分すっきり、体もシャキッとした。ミヨさん、急な訪問を受け入れてくださり、ありがとうございました。

母との大切な時間（琉球新報 ティータイム ２０２２・２・28）

母が、末期がんと診断され、コロナ禍であるが、最近頻繁に東京に戻っている。私の実家は早稲田大学のすぐ近く。都心だが近所には神社、仏閣、教会があり、下町の雰囲気もある。母の病院や買い物の付き添いで街を歩いていると、必ず母の知人に出会う。

「石橋さん、お元気そうですね」と言われると、母は大きな声で「いいえ、そうじゃないんですよ、私はがんでもうすぐ死ぬんですよ」としゃべっている。

元々気丈な人なので、とても余命2、3カ月とは思われない。お世話好きで、長年地域の民生委員や神社の氏子総代を務めてきた。

余命わずかと言われたが、現在も自分のペースで食事の支度、洗濯、買い物は1人でしている。ベランダいっぱいにたくさんの洗濯物を干してはためかせている。

母を見ていると、マルティン・ルターの言葉「たとえ明日、世界の終わりになろうとも、今日私はリンゴの木を植える」を思い出す。

母と一緒にいて、子ども時代から現在までのたくさんの話を母から聞いている。若いときには父の商売を手伝い、いつも忙しそうで、子どもにも厳しかった。現実的な考え方が強くて、反発したときもあったが、お互いに年を重ねて、私も母の考え方を理解できるようになった、と思う。

「お別れ」はやがて訪れること。寂しいが、今は母との大切な時間を過ごしたい。

豊かな気持ちで（琉球新報 いこい ２０２２・４・12）

30年前に購入したリンゴの芯抜き器を使って、アップルケーキを作った。『赤毛のアン』や西洋のお話に出てくる焼きリンゴの世界にあこがれて、芯抜き器を買ったものの、当時は仕事や子育てに追われる日々。なかなか焼きリンゴの世界に到達しなかった。その間に数回引っ越ししたが、芯抜き器は捨てられず、食器棚の隅に置かれていた。

コロナ禍で巣ごもりの毎日。アップルケーキ作りに挑戦した。

小さめのリンゴ６個をよく洗い、芯をくり抜き、耐熱器に並べ、パウンドケーキの生地を流し入れて、オーブンで焼く。リンゴを丸ごと入れてケーキを焼くのは、初めてだが、成功！　台所にケーキを焼く匂いが漂って幸せな気分。

年齢を重ねて、時間の余裕ができると良いこともある。不安なことの多い世の中だが、ものごとをゆっくりよく見て、豊かな気持ちで生活していきたい。

１２０年旅した布団（琉球新報 ティータイム ２０２２・５・26）

東京に住む91歳の母が終活を始めた。小さな家に、着物、服、布団などの布類が大量に詰まっている。その中から私は、一枚の古い布団を譲り受けた。

この布団は約１２０年前（明治末）に、私の祖母が手織りして嫁入りのときに持ってきたものだという。父が10代の頃、昭和初めに福岡から単身で上京したとき、布団も汽車に乗って父と共にやってきた。

長い年月を経たにもかかわらず、その布団はそんなに古びていない。藍色に近い青地の布に菱形の大きな家紋、三つの貝箱、たくさんの美しい色と模様の貝が散らばっている。

学芸員の友人によると、昔のお姫さまは、お嫁入りのときに貝箱と貝を持参した。布団の模様は、それを庶民がお嫁入りのときに真似をしたものである。色あせや虫食いが少なく、貝も貝箱もかわいらしいままだ。

若い祖母は明るい期待を込めてそれを織ったのだろうか？ 嫁入り後祖父は早逝し、

家業の油屋は時代の波に乗りきれず倒産。子どもは父1人しか生まれなかったのだが……。

父は東京に来てからもその布団で寝て、空襲による火災からも逃れた。布団は戦後は文京区、新宿区、神奈川県三浦海岸を旅して、沖縄県読谷村のわが家にも、ほんの数カ月滞在した。

古い物なので、福岡市博物館に寄贈することができた。祖父母、父は既に他界したが、布団だけ故郷の福岡市に帰ることができた。私はうれしく、ちょっとだけ誇らしい気分である。

怖い夢（琉球新報 ティータイム 2022・9・8）

朝5時半、セミの声とともに起床。寝坊の私は、もう一眠りする。すると大抵、嫌な夢を見ることが多い。

大きな石が投げ込まれ、窓ガラスがガシャンと割れ、ガラスの破片が廊下に飛び散った。ベランダを小型トラックが走っている（あり得ない！）。2メートルもの大男が玄関のドアを開ける。「110番しなくちゃ」と口の中でモゴモゴ言っているうちに夢から覚める。

しかし、これらのことは夢ですむが、もっと恐ろしいことが世界のどこかで今も起きている。私たちはテレビや新聞、インターネットを通して、ロシアとウクライナの戦争や、安倍晋三元首相の銃撃現場の映像を見ている。テレビの中の映像は次のニュースへと移り、日常生活の中ですぐに忘れ去られることが多い。しかし、そのニュースが無意識の中にインプットされ、怖い夢として現れるのかもしれない。

70代のおばあさんにしてこうだから、感受性の強い子どもたちは映像の世界をどう見ているのだろうか?

私は今度、地球儀を買うつもりだ。自分が地球上のどこにいて、日本以外のたくさんの国がどこにあるのか知りたいと思う。

今は分断と不寛容の世界といわれている。どこの国も争いがなく、十分な食べ物があり、みんながニコニコして暮らせることを願っている。ささやかながら募金をしたり、コンサートに参加したりしているが、どうしたらいいのだろうと考えてしまう。

祈りの生活（琉球新報 声 2022・11・23）

良子さんは92歳。いつでも背筋がピンと伸びて、かくしゃくとしている。ケーキの生地に青のりや納豆、パセリなどを入れて焼くケーキの達人。毎日散歩をし、野菜を植え、聖書（その他の本も）を読み、人生の糧としているすてきな方だ。

あるとき、良子さんが「どんなにつらいときでも神様は見守ってくださる。誰かがあなたのために祈っている」と言われた。本当はもっと長い言葉だったが、これは要旨である。

良子さんは戦争中、読谷村チビチリガマで家族を失った。しかしクリスチャンの叔母さんが、３人も４人も子どもを育てるのは同じと言い、自分の子どもとして育ててくれた。戦後の苦しいときにも、こんな方がいらしたのだ。

私は71歳。遅まきながら、良子さんや叔母さんご家族の精神、生活を見習いたいと思う。もしそれまでに命があれば、92歳の私はどんなおばあさんになっているかな？

味の記憶（琉球新報 声 ２０２３・１・５）

昨年8月に92歳で旅立った母はおまんじゅう、おはぎ、のり巻き、いなりずしなどを作るのが好きで、味にも自信を持っていた。

がんで余命1年と告知されてからも1人暮らしをして、自分で食事を作っていた。母が亡くなる前に私も母と2人で小豆を煮て、たけのこご飯、フキのつくだ煮を作った。

子どもの頃よく遊んだ友達の何人かから「陽子ちゃんのお母さんが作ってくれたおまんじゅうがおいしかった」「おいなりさんがおいしかった」と最近になって言われ、私はそのことを全然覚えていないことに驚いた。母のものが普通にいつも身近にあったからだろうか？

残念なことに、不肖の娘である私も妹も、母の料理をほとんど受け継いでいない。「もう、お母さんのおはぎは食べられないね」と友人知人から残念そうに言われると、亡くなった後も食べ物で人の記憶に残ることは幸せなことだと思う。

第三の魔女（琉球新報 声 2023・3・1）

本紙への投稿がご縁で知り合ったミヨさんが、愛犬マイコと共にわが家を訪ねてくださった。手作りのシークヮーサー酵素、自宅の庭で収穫したバナナ、ンムクジ天ぷらなど、たくさんの手土産を持って。魔女の友達は黒猫だが、マイコは小さな白い犬、いつもミヨさんと一緒のようだ。

ミヨさんはよく夢を見るという。

4年前に亡くなった姪っ子さん、昨年84歳で亡くなった親友のスミ子先生。2人共よく夢に現れると言う。姪っ子さんがいなくなってから、ミヨさんは物欲がなくなった。営んできたアンティークショップも閉店した。スミ子先生には、自費で新聞に追悼文を掲載した。

夢を見るのは、ミヨさんが森の中のような庭で暮らしているため、緑の中で啓示を受けるのだろうか？　夢――。科学や理知では計り知れない何かが働くのだろうか？

とにかく、ミヨさんは私にとって第三の魔女だ。第一、第二の魔女は共に90歳に近く、それぞれ東京と福岡で暮らしている。魔女は私にとって尊敬の対象である。それは他におもねらず、自分の気持ちに正しい人である、という意味だ。

春の雨音に思い出す私の卒業（琉球新報 ティータイム 2023・3・31）

22歳から60歳まで、東京都内の区役所に勤務していた。最初は典型的な「でもしか公務員」。役所にでも行くしかないか、という感じで就職した。

配属先は福祉事務所。主に身体障がい者福祉や生活保護のケースワーカーをしていた。福祉の現場は事務の仕事だけでなく、担当する家庭を訪問して生活の状態をお聞きしたり、DV夫から逃れた母子に緊急避難所まで付き添ったり、統合失調症が悪化して妄想状態の患者さんを警察官と一緒に病院に送り届けたりなど、仕事は多岐にわたり、いろいろな人生が垣間見えた。

事務所の中は電話が鳴り響き、会議や急な来客など、皆せかせかと動き回っていた。書類の山の中で、記録を書いたり、保護費の計算をしたりした。

役所ではちょっと異色な福祉の現場が私に合っていたのか、結婚、出産、子育てをしている間も働き続けることができた。最後の職場は優しい若い同僚たちのおかげで、何だかとても親切にしてもらった。最後の日には皆に拍手され、大きな花束を頂いた。自分なりに一生懸命やってきたけれど、仕事も子育ても65点くらいかなと思い、帰路に就いた。

家に帰ると、息子と娘が小さな花束とケーキを買って待っていた。普段は気の利かない子どもたちだと思っていた。夫はどうしていたのか。夜勤だったのかもしれないが、あまり記憶がない。

春の雨音を聞き、12年前の私の卒業を思い出した。

戦争近くに感じる（琉球新報 声 2023・4・27）

名曲、ラベルの『ボレロ』。遠くの方から小さく軽快な太鼓や管楽器の音が聞こえてくる。それはだんだん近づいてきて、最後は耳もつんざくような大音響で終わる。

音楽が遠くから喜びを連れてくる楽しげなサーカスか、旅の隊商に聞こえる人もいる。一方で何か恐ろしい大変なことの予兆にも聞こえるかもしれない。

昨年、92歳で旅立った母は、最近の世情は前の戦争が始まった頃の雰囲気に似ているようだと言った。自身も女学生で、明治神宮外苑（陸上競技場）の出陣学徒壮行会の観客席にいたとのこと。あのときは雨が降っていて大変だったよ、と言った。母は保守的な人で、選挙はいつも自民党に投票していた。寄らば大樹の陰だ。

戦争の予兆を、市井で暮らす庶民は肌感覚で感じるのだろうか？ 沖縄で暮らしていると、ウクライナも中東も遠い所ではなく、対岸の火事ではないと思う。草の根でも小さな声を上げていきたい。

開かれた心（琉球新報 ティータイム 2023・6・9）

私が東京で暮らしていた30年以上前のこと。沖縄の彫刻家・金城実氏を囲んで、お話を聞く集いがあった。

場所は東京・早稲田のアイヌ料理店。当時とても沖縄かぶれだった私は、友達に誘われて金城さんのお話を聞きに行った。日本社会におけるアイヌと沖縄人のお話であったと思うが、楽しく和やかで有意義だった。

その帰り道、ほろ酔いで集いの余韻に浸る私たちは近くの公園に行った。公園には大きな桜の木の枝がブランコの近くに低く垂れていた。なぜか私たちは缶ビールを持っている。ブランコの周りで、金城さんの話の続きを聞いた。

すると2人の早稲田大学の学生が通りかかった。金城さんは「おい、学生。君たちもここに来て、一緒に飲んで話さないか」と呼びかけた。2人の若者は素直な人たちで、一緒に話に加わりビールを飲んだ。

夜の公園でビールを飲み、ガヤガヤと話していた。交番はすぐ近くにあったが、注意もされず、私たちは飲んで話していた。

そのときのことは楽しい思い出として今でも残っている。東京人にはあまり思い付かない、金城さんの誰でも受け入れ、話をしようとする気持ちに、ますます沖縄に引かれた。

ところで、時が数十年も過ぎ、私は今、金城氏のアトリエのすぐ近くに住んでいる。しかし、私は畏れ多くて、なかなかアトリエを訪ねることができない。

三時茶のおもてなし（琉球新報 ティータイム 2023・8・4）

40代から60代の間、私はボランティアグループの一員として年に1、2度フィリピンに行った。マニラ郊外の貧困地域の子どもたちやお母さんの援助をした。支援拠点のデイケアセンターは主に就学前の子どもに学習や食事を低額で提供していた。

洋裁のプロである堤さんと2人で地域の女性たちに洋裁のレクチャーに行くことは楽しかった。堤さんは業務用ミシンを使って、フィリピン製の布を用いたドレスやエプロン、バッグなどの縫製を教えた。新たなことを学ぶ女性たちの表情は生き生きとしていた。作った製品は日本やフィリピンで売られ、彼女たちの生活費の一部になった。私は英語通訳とは名ばかりで、アイロンかけなどの手伝いをした。

洋裁の作業の合間に必ず朝10時のおやつと12時のランチ、昼3時のおやつが提供され、皆の楽しみであった。揚げたバナナ、簡単なスパゲティ、塩パン、フィリピン風春巻き、焼きそばなどで、毎回充実していた。明日の食料にも事欠く貧しい地域では食べることが一番だ。

私たちは拙い英語で会話した。女性の一人アリスさんが私にタガログ語を教えてくれた。マガンダン・クーライ（きれいな色）、マラミン・サラマット（大変ありがとう）など。タガログ語は彼らのアイデンティティーだと思う。

私たちにはボランティアという気持ちがどこかにあったかもしれない。フィリピンの人たちはかえって私たちを「おもてなし」してくれたのだと思う。

長かった停電（琉球新報 声 2023・8・19）

台風6号の襲来で、わが家は1日夜から6日夜まで停電した。1、2日は我慢できるものの、4、5日目となるとそれも限界。

冷蔵庫は食品を入れるただの箱になり、食べられるか、傷んでいるかは味覚と胃腸の強さに頼る。洗濯機は衣類やタオルであふれ、異臭を放ってきた。停電していない村内のコインランドリーで洗濯、乾燥をした。ついでにスマホの充電を行い、居合わせた人たちと楽しくおしゃべり。

家の中は毎日暗い。ついイライラして口げんかをしてしまう。シャワーは水で、洗髪は勇気が要ったが、何とか洗うことができた。

普段、いかに電気の働きを享受していたかを実感した。早く当たり前の生活が戻ってきてほしいと、久しぶりにワインを飲もうと、ワインを開けた途端、午後7時3分に電灯がパッとついた。ありがたい。

沖縄電力さん、復旧お疲れさまでした。

フードバスケット（琉球新報 声 2023・10・6）

新聞投稿友達のミヨさんから、大きなバスケットを頂いた。木の皮か、つるのようなもので編まれた逸品である。古き良き時代のアメリカをしのばせる。

私はこのバスケットを、通っているプロテスタント教会の婦人会で使っていただくことにした。婦人会は配偶者のＤＶから逃れた人、いろいろな事情で緊急避難を余儀なくされた母親や子どもたちの施設へ、ささやかなサポートをしている。

地域の公民館から頂いた商品券やお米券、家庭にあるお米、缶詰、乾物、レトルト食品、タオルなどを持ち寄ってバスケットの中に入れ、いっぱいになったら寄付することになった。婦人会のメンバーもそれぞれが高齢になり、ほとんどが年金生活でもあるので、自分でできる範囲である。

バスケットの中は、徐々に品物が増えてきた。バスケットは置かれた場所を得て、その場にとても似合っている。

ジェフとランディ

一　すばらしい出会い

It's not everyday I get to make a new friend.
（新しい友達をつくることはよくあることじゃない）

二〇〇六年二月のある日、私は思いがけず貴重な出会いを体験しました。ひょんなことから、デンマークからやってきたジェフとランディと知り合うことになったのです。

ジェフは白髪に青い目、まるでサンタクロースのおじいさんのようです。ランディは二一歳ですが、「ダウン症」の障がいを持っていました。

二人は本当の親子ではなく、ランディの両親が養育を拒否したため、生後三カ月からジェフが親がわりとなり育てていることでした。

彼らは二〇〇五年一二月にデンマークを出発し、中南米、オーストラリア、ニュージーランドなど世界の国々を六カ月の予定で旅しており、日本にはほんの一週間ほど立ち寄ったとのことでした（あまり期待していなかったのかもしれません）。

ランディは二一歳ですが、ふっくらして、年齢よりずっと若く見えます。言葉は話せず、養親のジェフとは手話で話をします。レストランで食事をするときなどは、とてもマナーが良いのです。

なぜ二人は世界を旅しているのでしょうか？

ジェフが言いました。「昨年、フィリピンの離島を訪ねたとき、その島で障がい者の実情を見て愕然とした。そこでは障がいを持つ人は、学校にも行けず、家の中や地面にただ寝転がっていただけだから」（もちろん、フィリピンの大半の人々は貧しく、健康な子どもたちでさえ十分な食料や教育の機会が与えられていないという現実があります）。

ジェフはそれを見て、障がいを持っていても、ランディのように普通の生活をしていることを世界の人に知ってもらいたい。また自分からも各国の障がい者の実情を見て交流していきたいと思ったとのことでした。

ジェフとランディは、日本の公立の児童館や学校、障がい者施設を訪問し、交流しました。

ランディを見ていると、障がいを持つことは、負の部分だけではない、健常者と同じようにはできないけれど、一人の人間として、自信を持って生活しているのが、表情などでわかります。それぞれに違いがあっても認め、支え合っていくことはとても貴重なことだと思いました。

そして二人は次の国へと旅立っていきました。

（『我が街かわら版』「文・文・文」掲載文から一部転載）

二　あこがれのデンマークへ

ジェフと私は折々に手紙を交換したりして交流が続いていました。そして二〇〇八年一〇月の終わりに、ついにジェフとランディを訪ねてデンマークに行くことになりました。

ジェフとランディは首都コペンハーゲンから約四五〇キロも離れた北ユトランドの地方都市スキーブに住んでいます。さらにその家はスキーブの駅から二〇キロ離れているということです。

行くことにはなったけれど、そんな遠い所に果たしてたどり着くことができるでしょうか？

私と友人のユキさんは成田空港からスカンジナビア航空で約一〇時間、日本海を抜け、凍てついたロシアの大地の上空を飛んで、コペンハーゲンに到着しました。

私の英語の先生ヘルガさんが言うには、〝Dannish people is the happiest people in the world〟「デンマーク人は世界中で一番幸せな人たち」と言うそうです。

それは恵まれた社会環境の中で、それぞれの生活が保障され一生を終えることができるからです。

デンマークに行って、ジェフから聞いた話ですが、デンマークは国土が日本の九州くらいの広さに人口は約五〇〇万人です。コペンハーゲンの周辺に約一〇〇万人が住み、その他は起伏の少ない平らな土地に分散して住んでいます。デンマークで一番高い山は海抜一四七メートルの「天国の山」です。田園風景はどこまでも美しいのですが、反面変化に乏しく、金太郎飴のようにどこを切っても美しい風景です。

ところどころに白い石造りの教会が建ち、牛が放牧されています。田園の中に家が点在しています。

消費税が二五％、所得税は所得に応じ四〇～六〇％と税金は高いですが、そのかわりすべての国民の医療費と学費は無料。医学その他高度な専門的な勉強をするのにも学費はかからないとのことです。政府は若者に、日本でいう短大卒、専門学校卒業以上の学歴を身につけさせようとしています。このため途中でドロップアウトした若者たちのために公立のフリースクールが設立されています。

ジェフはシルカボーグという地方都市にある「フリースクール」に車で一日かけて私たちを連れて行ってくれました。若者たちがデザイン、コンピューター、調理など多くのコースに分かれ学んでいました。

完全失業率は一％、週四〇時間労働をきちんと守り、駅の売店も土曜日は休みで、日曜日は昼の一二時から夕方六時までしか開いていません。

会社は午後五時には終わるらしく、会社帰りの男性がスーパーマーケットでチーズやパンなどの食材を吟味していました。

完全失業率が一％！　現在の日本の雇用情勢と比べて、〝Happiest people in the world〟というのもうなずけます（二〇〇八年現在）。

ジェフは若いときはエンジニアとして船に乗り世界中を航海していたということです。日本に立ち寄ったことがあり、そこで「乾杯ね」という日本語を覚え、ビールやワインで乾杯するときは「カンパイネ」という変な日本語を使います。

あるときから教員を養成する大学に入り直し、歴史の先生として長く教えていました。現在は定年退職し、養女のランディと二人で暮らしています。ジェフの二人の子どもたちはそれぞれ家族を持って独立し、ジェフの家からは二〇〇キロも離れた地方都市「シルカボーグ」に住んでいます。

ジェフは国の厳しい審査をへて、何人かの知的障がいの子どもたちを育ててきました。ランディが「最後の子」とのことです。

ランディは言葉は話せないのですが、五日間もジェフの家に滞在しているうちに、私たちとはすっかり気心の知れた間柄になりました。荷物を持ってくれたり、服をきちんとたたんでくれたりとても優しいです。日本に帰ってからも、時々、ランディはどうしているかなと思います。

ジェフとランディは周りを緑に囲まれたとても大きな家に住んでいます。敷地は500坪以上はあるでしょう（本当は千坪以上でした）。私たちは別棟のゲストハウスに寝泊まりさせてもらいました。晴れた日には小鳥がやってきて、庭の木の実や餌をついばんでいます。庭には黒猫が数匹住んでいます。ジェフが毎朝餌をやっています。

隣家のウラさんの家に行くには黄色く色づいた楓の並木道をぬけて五〇〇メートルほど歩いていかないと行けません。

私とユキさんは、この小径を「（赤毛の）アンの小径」と名付けました。

ジェフの家に着いた二日目、私たちは、ジェフの家から一番近い町ニュークーブンという町の知的障がい者の施設に連れて行ってもらいました。クーブンというのは、デンマーク語で「港」という意味で、千年前から市場が開けていたとのことです。海が入り江になった静かな落ち着いた町です。

「ハブネンデイセンター」は通所施設で、四五人の通所者と六人のスタッフがいます。建物は古いとのことでしたが、内部は清潔が保たれ、美しい色彩に囲まれていました。

クリスマスバザーに向け、サンタクロースの人形、織物、陶器、クリスマスツリー、鳥の巣箱など、自分の得意なものを作っていました。

かたわらではソファーでうとうとしている人もいたりして、皆それぞれのペースでニコニコしてゆったりと作業をしていました。視力が弱い人はとても大きな編み目の織機で織物を作っていました。

ひとりひとりが大切にされ、自分らしく生きることを保障しようとしている国―それを守るためにはデンマークの人たちはある意味とても強い人たち、時には「頑固な」人たちだと思えました。私は急ぎ足でデンマークを通りすぎただけですが、それぞれが自立して、個人の生活を大切にし、と同時に皆で助け合い協力しながら生活しているのを感じました。

土曜日には、近くの軽食堂で中高年の男女が集まり、ビールを飲み軽食をとりながらワイワイと楽しく情報交換をしています。ランディはそこでアイスクリームを食べるのが楽しみです。

ジェフのとなりの家のウラさんは、ジェフが旅行中には庭の猫の餌やりを無償でしてくれています。遠い外国から来た私たちをディナーに招待してくれ、手作りのクリ

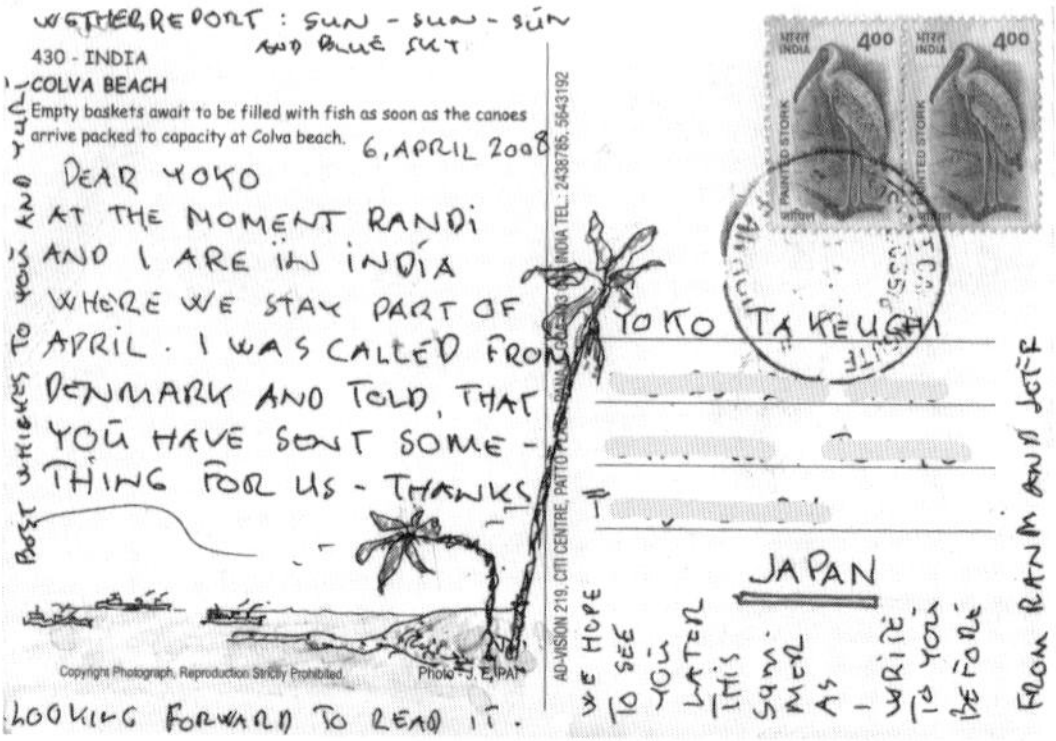
WETHER REPORT : SUN - SUN - SUN AND BLUE SKY
430 - INDIA
COLVA BEACH
Empty baskets await to be filled with fish as soon as the canoes arrive packed to capacity at Colva beach.
6, APRIL 2008
DEAR YOKO
AT THE MOMENT RANDi AND I ARE IN INDIA WHERE WE STAY PART OF APRIL. I WAS CALLED FROM DENMARK AND TOLD, THAT YOU HAVE SENT SOME-THING FOR US - THANKS
LOOKING FORWARD TO READ IT.
BEST WISHES TO YOU AND YOUR
WE HOPE TO SEE YOU LATER THIS SOMMER AS - WRITE TO YOU BEFORE
FROM RANDI AND JEFF
YOKO TAKEUCHI
JAPAN
Copyright Photograph, Reproduction Strictly Prohibited.
INDIA
PAINTED STORK
4.00

スマスのお人形をプレゼントしてくれました。

まだまだ私にはわからない国ですが、優しさの中に芯の通った強さのあるステキな人たちの国でした。

でもとても手強い人たちの国かもしれません。

私にはもっともっと知りたい国です。

（『麒麟』2009.1.1「大田民主文学」に掲載）


２０１０年、再び私はワカコさんと共に、デンマークのジェフとランディの家を訪問し、ホームステイした。

２０１４年、ジェフとランディは読谷村のわが家を訪ねてくれた。恩納村、名護、那覇のホテルに3週間滞在した。

２０１９年、ジェフは天国に召された、と娘さんから連絡があった。

あとがき

約13年前、以前から大好きだった沖縄県読谷村に家族で移り住みました。

琉球新報の生活文化面の「いこい」、オピニオン欄の「声」「ティータイム」に投稿するようになりました。自分の文章が掲載されると嬉しく、周りの方からも声をかけられたりするようになりました。

新聞投稿を通して「山姥マコ」こと雅子さん（現在は息子さんの住む福岡に転居）、恵子さん、ミヨさん、幸子さん、つる子さん、さわ子さん、キヨさんたちのたくさんの友人を得ることができました。発表の機会を開いてくださった「琉球新報」に感謝です。

また、コーラスの仲間、ゆいまーる共生事業の「いぶし銀会」、日本キリスト教団読谷教会の方たち、週一回のキルト教室、読書会の仲間 etc.etc ……13年のうちにたくさんの友人知人ができました。

週1回の役場前から、辺野古キャンプ・シュワブゲート前まで運行されていた「辺野古新基地建設を阻止する読谷村民会議」のバスが無くなってしまったのは残念ですが……。

「I《アイ》女のしんぶん」「大田民主文学」に発表の場を頂き感謝です。これからも少しずつがんばります。

出版にあたって、文芸社出版企画部と編集部の担当者様、ありがとうございました。いっぺえにふぇーでーびたん（沖縄の言葉で大変ありがとうございました）。

著者プロフィール

竹内 陽子（たけうち ようこ）

1951年、東京都文京区で生まれる。新宿区西早稲田で育つ。

東京女子大学短期大学部、早稲田大学文学部卒業。

1973年、東京都荒川区役所、大田区役所で主に身体障がい者福祉、生活保護のケースワーカーとして働く。

2011年、定年退職後、沖縄県読谷村に移住した。


フィリピン AKAY プロジェクトをともに創る会会員。

2010年、「社会福祉功労者 厚生労働大臣表彰」受賞。

水墨画家 趙龍光・里燕氏に師事し、「国際水墨芸術大展」ほか入賞。

〈著書〉

『読谷便り 南ぬ風』（2015年、文芸社）

読谷便り 暮らしの中の想いと憩い

2024年7月15日 初版第1刷発行

著　者 竹内 陽子
発行者 瓜谷 綱延
発行所 株式会社文芸社
〒160-0022 東京都新宿区新宿1－10－1
電話 03-5369-3060（代表）
03-5369-2299（販売）

印刷所 株式会社フクイン

ISBN978-4-286-25502-6 JASRAC 出 2402245－401